17462

SABINUS.

SABINUS

TRAGEDIE

PREFACE.

LE sujet de cette Tragedie est entierement tiré de l'Histoire Romaine, & j'ay eu soin de ne mettre dans la bouche de mes principaux Personnages que les discours qu'ils ont tenu eux-mêmes, au rapport de tous les Auteurs anciens. J'en ay même conservé le caractere autant que la bienseance & les regles du Théatre ont pû me le permettre ; & je croy qu'il ne sera pas difficile à ceux qui ont quelque intelligence de l'Antiquité de reconnoître Vespasien, Domitie, Eponine, Sabinus & Mucien. On sçait l'ascendant que ce dernier avoit sur l'esprit de l'Empereur, & comme c'étoit par ses conseils & par son secours que, d'un état assez vil, Vespasien se voyoit au faîte de la grandeur, il ne faut pas s'étonner s'il recevoit avec indulgence les aigres remontrances d'un homme à qui il étoit redevable de l'Empire.

L'ambition de Domitie ne lui pouvoit

 inspi-

PREFACE.

inſpirer que des reſolutions violentes, &
j'ay ſupoſé là-deſſus qu'elle ſe ſeroit facile-
ment portée aux dernieres extrêmitez,
plûtôt que de ſouffrir qu'une autre l'eût
éloignée du Trône, où le Mariage de Do-
mitius la pouvoit élever un jour.

J'ay crû devoir adoucir la ſeule cruauté
que l'on peut reprocher à Veſpaſien, dans
la penſée qu'en un Poëme Dramatique, il
eſt permis de changer quelques circonſtan-
ces à l'Hiſtoire, quand elles jettent trop
d'horreur dans l'eſprit du Spectateur, &
ſur tout lorſque l'on peut introduire à leur
place des incidens juſtes & vrayſemblables.

Il eſt certain qu'il fit impitoyablement
mourir Sabinus & ſa femme, malgré les
larmes de leurs enfans & les prieres de cette
Heroïne. Mais comme cette action tient
un peu trop du Barbare, j'ay feint que
Veſpaſien amoureux d'Eponine, pour ſe
diſculper aux yeux du monde, & éviter les
reproches qu'on lui pourroit faire s'il con-
damnoit à la mort le Mari de ſa Maîtreſſe,
en avoit renvoyé le jugement au Senat, &
qu'aprés l'execution de l'infortuné Sabinus, ſon Epouſe toûjours conſtante & ver-
tueuſe s'étoit elle-même immolée à ſon devoir en ſe tuant ſur le corps de ce Gaulois,
aux yeux de tout le peuple.

Je

PREFACE.

Je ne sçay si l'on approuvera ma conduite; mais, quoy qu'il en puisse être, le succés semble déja l'avoir justifiée:& j'ose dire que cette Tragedie a paru avec quelque avantage dans une Cour où le bon goût, la politesse, & la magnificence regnent égalelement, & où depuis long-temps on est en droit, avec justice, de decider des Ouvrages d'esprit.

C'est donc sur ses glorieux applaudissemens que je me suis resolu à la donner au Public, & j'espere qu'on la recevra favorablement quand on sçaura que c'est le coup d'essay d'un homme qui n'a entrepris cette composition que dans la seule vûë de divertir quelques momens un Souverain, non moins illustre par ses brillantes Vertus que par son auguste Naissance.

Voilà ce qui m'avoit engagé dans un dessein qui sembloit surpasser mes forces, & j'avoüeray de plus que je dois absolument la réüssite de ma Piece à la maniere dont elle a été representée,qui ne peut être plus touchante, ni plus patethique.

J'aprehende, avec raison, que mon Lecteur n'entre point dans toutes ces considerations, & que voyant cette Tragedie de prés, & denuée des ornemens du recit & de l'action, il ne la trouve bien differente

A 4   de

PREFACE.

de celle qu'il aura vûë fur le Théatre. Mais c'eſt l'ordinaire deſtin des ouvrages de peu de valeur. Leur faux brillant craint le grand jour, & ils perdent leurs foibles beautez ſi-tôt qu'on les examine avec ſoin. Enfin ſi je tombe en ce malheur, j'auray du moins la ſatisfaction de n'être pas le ſeul à qui pareille infortune ſoit arrivée, & je me conſoleray ſur l'exemple des autres.

Je n'ay plus qu'un mot à dire. Peut-être trouvera-t'on étrange de voir une Tragedie qui ne ſe ſoûtient que par la tendreſſe reciproque d'un Mary & d'une Femme. Nous vivons dans un temps où l'amour conjugal n'eſt gueres à la mode, & c'eſt une vertu que l'on ne connoît preſque plus. Mais enfin l'hiſtoire en eſt veritable, & dans les premiers ſiecles la galanterie étoit moins en regne que dans celui-ci, où l'on peut dire qu'elle eſt triomphante.

Un ordre de l'auguſte * Princeſſe à qui j'ay l'honneur d'appartenir m'ayant obligé d'envoyer en France une copie de ma Piece à S. A. R. Madame la Ducheſſe d'Orleans ſa Niéce, me fournit l'occaſion d'y joindre les Vers ſuivans, & je croy que le Lecteur ne me ſçaura pas mauvais gré de les avoir mis à la tête de cette Tragedie.

* _Madame l'Electrice de Brunſwic._

L'AU-

L'AUTEUR

A

SABINUS,

En envoyant sa Tragedie à S. A. R.
MADAME.

U vas-tu t'exposer , Gaulois trop malheureux ?
Crains le triste succés d'un destin dangereux.
Tu vas paroître aux yeux d'une sage Princesse,
Dont le discernement & la delicatesse,
Pourront, d'un seul regard, devoiler tes defauts,
Et connoître ton foible & le peu que tu vaux.
Si par un coup du sort, qu'on aura peine à croire,
Tes Vertus jusqu'ici t'ont acquis quelque gloire,
Si, dans un doux séjour, d'illustres Spectateurs
Se sont daigné ranger entre tes Protecteurs,
Ne crois pas que ce soit l'effet de ton merite :
A leur seule bonté tu dois ta réüssite,
Et sans elle Eponine, en son affliction,
N'eût jamais attiré leur approbation.
De beaux yeux , il est vray, t'ont donné quelques larmes
On a plaint ton malheur, & senti tes allarmes,
Et le public a vû le digne sang des Rois *
T'honorer , t'aplaudir du geste & de la voix.
Quelle nouvelle ardeur anime ton courage ?
N'es-tu pas satisfait d'un si grand avantage ?
Et n'est-ce pas assez qu'une pompeuse Cour †

A 5   Ait

* Madame l'Electrice de Brunswic.
† La Cour d'Hannover.

Ait donné son sufrage à ton fidelle amour ?
Ne crois pas rencontrer aux lieux de ta naissance
Et la même faveur & la même indulgence ;
Profites (si tu peux) de mes sages avis.
Nul n'est jamais, dit on, Prophéte en son païs.
Par caprice, ou raison tu verras cent Critiques
T'accabler à la fois de leurs traits satiriques.
Si leur fureur s'obstine à te persecuter,
Sans un ferme soûtien pourras-tu resister ?
Implore donc celüi de la Princesse Auguste
A qui tes pas vont rendre un hommage trop juste.
Son Cœur bon, genereux, & toûjours bien-faisant,
Te peut faire, contre eux, un rempart suffisant,
Un seul mot de sa bouche arrêtera leur rage,
Et te rendra le calme au milieu de l'orage.
Va donc lui demander un utile secours,
Et mettre entre ses mains ta fortune & tes jours.

La generosité dont un grand Cœur se pique,
Tout ce qu'a la vertu d'illustre & d'heroïque,
Occuper, sans orgueil, le plus sublime rang
N'est rien d'extraordinaire à celles de son Sang.
Car le Ciel à ce Sang a donné, d'âge en âge,
Aux Femmes la sagesse, aux Hommes le courage,
Et prodigué pour lui les plus rares trésors
Qui servent à former & l'esprit & le corps.
Va, puisqu'il faut partir, te ranger auprés d'elle,
Tâches d'en obtenir l'assistance fidelle,
Et si jamais tes soins obtiennent ce support
Tu peux ; quoy qu'il arrive, esperer un beau sort.

LE

LE
LIBRAIRE
AU
LECTUER.

ON donnera bien-tôt au Public un Recueil des Oeu-
vres du même Auteur, dans le-
quel il entrera quelques Come-
dies, & plusieurs autres Pieces de
Poësie sur differens sujets.

ACTEURS.

VESPASIEN, Empereur, amoureux d'Eponine.

SABINUS, petit-fils de Jules César, pretendant à
l'Empire.

EPONINE, femme de Sabinus.

DOMITIE, promise à Domitien, second fils de l'Empereur.

MUCIEN, autrefois Gouverneur de Syrie, premier
Ministre, & Favori de Vespasien.

CECINNA,
MARCELLUS, } Generaux des Troupes de l'Empereur.

FULVIUS, Capitaine des Gardes.

PAULINE, Dame Romaine, confidente d'Eponine,

SULPICIE, confidente de Domitie.

GARDES.

La Scene est à Rome dans le Palais Imperial.

SABINUS,
TRAGEDIE.

❖❖❖❖❖❖❖❖❖❖❖❖❖❖❖❖❖❖❖❖❖❖

ACTE PREMIER.
SCENE PREMIERE.
EPONINE, PAULINE.

PAULINE.

Uoy, Madame, en un jour où l'Empereur lui-
   même
Fait connoître aux Romains à quel point il vous
   aime,
Quand il borne sa gloire & ses vœux les plus doux
A pouvoir partager son Empire avec vous,
Nous voyons dans vos yeux une sombre tristesse !
Vous semblez condamner la publique allegresse !
Et toûjours trop sensible à vos premiers malheurs
Vous venez en ces lieux renfermer vos douleurs !
Finissez ces regrets, dissipez ces allarmes,
Il est temps que l'hymen essuye enfin vos larmes,
Et que pour vous bien-tôt allumant ses flambeaux
Il vous force d'entrer en des liens nouveaux.
Qui vit jamais d'amour des effets plus illustres ?
Vous pleurez vôtre Epoux depuis prés de deux lustres,

A 7

Et

Et pour Sabinus mort l'excés de vôtre deüil
Voudroit vous renfermer dans son même cerceüil.
Le temps qui détruit tout ne peut rompre vos chaînes.
Mais, quoy ! Vespasien touché de tant de peines,
Vous offre aux yeux de tous & son cœur & sa main.
Poûvez-vous refuser un Empereur Romain
A qui tout l'Univers à l'envi rend hommage ?
Il est, je l'avoüray, sur le penchant de l'âge,
Mais un Heros, Madame, est aimable en tout temps,
Et le Sceptre a toûjours des attraits éclatans.

E P O N I N E.

Qu'entens-je, juste Ciel ! ah ! ma chere Pauline,
As-tu donc oublié les malheurs d'Eponine ?
Voudrois-tu me livrer à mes persecuteurs,
Et me crois-tu le cœur si sensible aux grandeurs ?
Non, quelque soit mon sort, les honneurs de l'Empire
Ne sont point le bonheur aprés quoy je soupire.
Fidelle à Sabinus, fidelle à mon devoir,
Je ne puis d'un Tiran flater l'injuste espoir,
C'est un tourment pour moy que de m'en voir aimée,
Toûjours du même objet tu me vois enflâmée,
Et mon cœur malheureux épris d'un feu si beau
Gardera son ardeur au delà du tombeau.
Helas ! si je pouvois te découvrir mon ame,
Si j'osois en ces lieux te parler.....

P A U L I N E.

                              Ah ! Madame,
Vous me connoissez trop pour rien craindre de moy,
Quel secret n'osez-vous confier à ma foy ?

E P O N I N E.

Il faut pour un moment faire tréve à mes larmes,
Etoufer mes soupirs, suspendre mes allarmes,
Il faut te découvrir les secrets de mon cœur,
Et d'un affreux destin la barbare rigueur.
Cet Epoux si cheri, ce Sabinus que j'aime,
Pour qui ma vive ardeur va jusques à l'extrême,
Qui depuis si long-tems me coûte tant de pleurs,
Qui m'a fait jusqu'ici mépriser les grandeurs,

                                        Ce

Ce Prince qu'on ne peut bannir de ma memoire,
Qui remplit l'Univers du seul bruit de sa gloire,
Pour qui j'ay fait cent fois éclater tant d'amour,
Ce Heros qu'on croit mort, voit encore le jour.

PAULINE.

Sabinus est vivant !

EPONINE.

Ouy, Pauline, il respire,
Il revient disputer Eponine & l'Empire,
Il va bien-tôt paroître, & dans ces mêmes lieux
Reprendre le haut rang qu'ont tenu ses Ayeux.
Car le Sang de César qui coule dans ses veines
De l'Etat en ses mains doit remettre les resnes,
Il en doit disposer comme fit autrefois
Cet illustre Vainqueur des superbes Gaulois.
Sabinus va se perdre, ou triompher, Pauline,
A me persecuter un cruel sort s'obstine,
Et le Ciel irrité, méprisant mes douleurs,
Me presage aujourd'hui mille nouveaux malheurs.

PAULINE.

Par de vaines terreurs n'accablez point vôtre ame.
Puisque Sabinus vit que craignez-vous, Madame ?
Vos larmes ont fléchi les cruautez du sort.
Mais comment sema-t'on le faux bruit de sa mort ?

EPONINE.

Tu sçais que les Gaulois libres dés leur naissance
Ont toûjours des Romains méprisé la puissance.
Moins jaloux de leurs biens que de leur liberté
Pour se la conserver que n'ont-ils point tenté ?
Le fer, le feu, l'exil, les suplices, les chaînes,
N'offrent à leurs grands cœurs que de legeres peines,
Sans crainte des tourmens, fidelles à leurs Loix,
Ils courent à la mort pour defendre leurs droits,
Et se font un honneur d'abandonner la vie
Quand leur trépas peut être utile à la Patrie.
    Ce fut donc en la Gaule, aimable & doux sejour,
Que Sabinus reçût la lumiere & le jour.
De César son Ayeul il eut pour son partage

La noble majesté, la grandeur de courage,
Et par d'heureux combats, par d'illustres exploits,
Il chercha d'imiter ce Maître de cent Rois.
Tu vois que Sabinus avec justice aspire
A gouverner lui seul les Romains & l'Empire,
Qu'ayant de son côté la raison & les Dieux
Il a droit de vouloir commander en ces lieux.
  Quelque temps aprés lui la Gaule me vit naître :
A peine ce Heros vint-il à me connoître,
Que son cœur trop charmé de mes foibles attraits
Ressentit de l'amour les redontables traits.
Cet amour fut suivi d'un prochain hymenée,
Et bien-tôt à son sort je me vis enchaînée.
Tout flatoit jusques-là nos vertueux desirs,
Et nous goûtions tous deux de tranquiles plaisirs,
Quand la soif d'acquerir une illustre memoire
l'arracha de mes bras pour courir à la gloire.
Les Romains effrayez de voir leurs fiers tirans
Verser le sang du peuple en leurs longs differens,
Vers nos heureux climats s'assemblent, se mutinent,
Dans leur rebellion leurs cohortes s'obstinent,
Et bravant du Senat les rigoureuses Loix
Demandent du secours à nos peuples Gaulois.
Soudain de nos Soldats les troupes triomphantes
Font voir au champs de Mars leurs Enseignes flotantes,
Tout s'ébranle, tout marche, & ces braves guerriers
Veulent par cent hauts faits se couvrir de Lauriers.
Chacun suivant ainsi la gloire qui le guide
Brûle de contenter son courage intrepide.
On voit en même temps Civilis & Paulus
Joindre avec les Germains Tutor & Classicus :
Et nous mêlons enfin dans nos fertiles plaines
Parmi nos Bataillons les legions Romaines.
Alors tous les Soldats, pour prix de sa valeur,
Donnent à Sabinus le titre d'Empereur.
D'un rang si glorieux il a beau se defendre,
Les mutins, malgré lui, l'obligent à le prendre,
Et pour l'y disposer, courants de toutes parts

Presen-

Presentent à ses yeux leurs piques & leurs dards :
S'il s'obstine au refus, ils menacent sa vie,
A suivre leurs desir son salut le convie,
Et sans y consentir, sa valeur & son sang
L'élevent à la fois en cet auguste rang.
D'un jour si fortuné le succés & la gloire
Ne sortiront jamais de ma triste memoire.
Combien ce jour fatal m'a-t'il couté de pleurs !
Il fut la source, helas ! de toutes mes douleurs.

PAULINE.

Madame, il me souvient qu'une prompte disgrace
Suivit de vos guerriers l'impatiente audace,
Qu'aprés plusieurs combats incertains & douteux
L'impitoyable sort se declara contre eux,
Et que de l'Empereur les legions nombreuses
Rangerent sous ses Loix vos campagnes heureuses.
Je sçay que Sàbinus, dans son juste transport,
N'eut plus, pour son secours, d'autre espoir que la mort,
Que voyant le destin jusqu'au bout le poursuivre,
On dit, qu'à son malheur, il n'avoit pû survivre,
Et qu'à des fers honteux soigneux de s'arracher
Il avoit pris le soin d'assembler un bucher,
Où consumant ensemble & sa vie & sa gloire
Il s'étoit fait un nom d'éternelle memoire.
Chacun à Rome alors charmé de son grand cœur,
Admira ses vertus, & plaignit son malheur.
Voilà ce qu'on y sçut de son destin funeste.
Mais de grace, Madame, aprenez-moy le reste,
Et par quel artifice, & quels soins specieux
Vous avez si long-temps ébloüi tous les yeux.

EPONINE.

Malgré les vains efforts d'une valeur parfaite
Nôtre armée aguerrie ayant été defaite,
Sabinus sans apui, sans espoir de secours,
Ne songea plus d'abord qu'à terminer ses jours,
Et sensible au malheur de sa chere Patrie
Voulut la satisfaire aux dépens de sa vie.
Mais, las ! en cet instant le conjugal amour

Par un plus noble effort lui conserva le jour,
Et les Dieux, protecteurs d'une si belle flâme
Pour le rendre à mes pleurs attendrirent son ame.
O Ciel ! que ne peut point une fidelle ardeur !
Et de quels traits l'amour frape-t'il un grand cœur.
Sabinus occupé de sa douleur profonde,
Hors moy comptant pour rien tout le reste du monde,
Et du seul Dieu d'amour reconnoissant la loy,
Ne voulut desormais respirer que pour moy.
Il s'enferma vivant dans une grote obscure,
Dans un antre profond que forma la nature :
Là, sans être éclairé du celeste flambeau,
Tout retraçoit aux yeux les horreurs du tombeau.
Jamais le Dieu du jour, fournissant sa carrière,
N'avoit dans cet endroit répandu sa lumiere.
Et l'éternelle nuit de ce lieu tenebreux
En rendoit & l'accés & le sejour affreux.
Avec deux affranchis, seuls témoins de ses peines,
Il fut donc habiter ces grotes soûteraines,
Et fit courir le bruit, pour tromper les Romains,
Qu'il avoit par la flâme achevé ses destins.
Juge de mes douleurs lorsque la renommée
Rendit de son trépas la nouvelle semée.
La raison sur mon cœur n'a plus aucun pouvoir,
Je ne consultay rien que mon seul desespoir,
Je poussay des soûpirs, je répandis des larmes,
Tout ressentit l'effroy de mes tristes allarmes,
Et déja faisant tréve aux regrets superflus,
Je songeois au cerceüil à suivre Sabinus
Pour lui prouver l'excés de mon amour parfaite,
Lors qu'un des habitans de sa sombre retraite,
Un des deux affranchis, compagnons de son sort,
Me vint par sa présence arracher à la mort,
Et calmant mes ennuis par un recit fidelle
Apaisa les transports de ma douleur mortelle.
Quand la nuit eut chassé la lumiere du jour
Je courus m'enfermer en cet affreux sejour.
J'y trouvay mon Epoux, & ma juste tendresse

Malgré.

Malgré l'horreur du lieu sçut banir ma tristesse.
Que te diray-je enfin ? Neuf ans sont écoulez
Depuis qu'en cet endroit nous sommes exilez,
Et le Ciel en ce temps, contre nôtre esperance,
A deux fils malheureux procura la naissance.
Pour mon cœur desolé quel spectacle nouveau !
Ces deux pauvres enfans nacquirent au tombeau,
Et recevant le jour en un lieu de tenebres
Ils n'ont encore rien vû que des objets funebres.
Enfin je vins à Rome où bien-tôt nos amis
Pour des infortunez se croyant tout permis,
Prétendent, dans l'ardeur qui pour nous les inspire,
Chasser Vespasien & nous rendre l'Empire.
Parmi ces conjurez on compte Marcellus,
Cecinna, Flavien, Valere & Proculus,
Qui pour nos interêts, animez d'un beau zele,
Veulent donner à Rome une face nouvelle.
Voyant à ce succés nos desseins parvenus
Par un des affranchis je manday Sabinus :
Il revient, il approche, & va par sa presence
Agiter mes esprits de crainte & d'esperance,
Ainsi tu peux juger toy-même si mon cœur
Doit de Vespasien flâter l'injuste ardeur.
Il me vit, & ma vûë alluma dans son ame,
Pour me persecuter une importune flâme :
Ni l'orgueil de son rang, ni ma juste fierté,
Ni mes constans mépris ne l'ont point rebuté,
Et ce fatal amour où sans cesse il s'obstine
Me présage les maux que le Ciel me destine.
Ouy, je crains tout, Pauline, & je n'ose esperer,
Un cœur toûjours tremblant ne se peut rassurer.
Mon ame malheureuse, acoûtumée aux plaintes,
Languit incessamment dans de mortelles craintes,
Et ne peut penetrer. . . . . .

P A U L I N E.

                    Calmez cette douleur
Contraignez vos soûpirs, j'aperçoy l'Empereur.

SCENE

S C E N E I I.

VESPASIEN, EPONINE, MUCIEN, PAULINE, GARDES.

M U C I E N.

Ah! Seigneur, moderez l'ardeur qui vous domine.

V E S P A S I E N.

Non, Mucien, cherchons la charmante Eponine,
Tâchons par nos respects de fléchir sa rigueur,
Et qu'elle accepte enfin l'homage de mon cœur.
Ah! Madame, pourquoy fuyez-vous ma presence?
Croiray-je que toûjours mon amour vous offense?
Voulez-vous persister dans vos cruels refus,
Et sans cesse adorer un Epoux qui n'est plus?
C'est trop par vos soûpirs honorer sa memoire.
Du rang que je vous offre envisagez la gloire,
Et pour voir à vos pieds tout l'Empire Romain,
Acceptez en ce jour & mon cœur & ma main.

E P O N I N E.

C'est trop, Vespasien, irriter ma constance,
Ouy, ton injuste ardeur aigrit ma resistance,
Mon cœur veut signaler son amour & sa foy.
Et que peux-tu m'offrir qui soit digne de moy?
Les Sceptres, les grandeurs, que dis-je? la mort même,
Ne m'obligeront point à trahir ce que j'aime,
Et tu me connois mal si tu peux presumer
Que l'éclat de ton rang me contraigne à t'aimer.
Mais cet Empire heureux, cette grandeur immense
Les tiens-tu du destin ou bien de ta naissance?
A ce rang glorieux le sort t'a fait monter.
Un revers imprévû t'en peut précipiter.
Crains du Ciel irrité la foudre menaçante,
Crains du peuple en courroux la fureur éclatante,
Et crains enfin Tiran, le juste desespoir
Où tu réduis un cœur fidelle à son devoir.
Je brave ta colere, & quoy qu'il en puisse être,
Je t'en ay dit assez pour me faire connoître,
Et je trouve la mort moins affreuse pour moy

Que

Que le honteux plaisir de regner avec toy.

VESPASIEN.

Ah ! c'est trop me braver, vôtre haine, Madame,
A de trop grands chagrins abandonne mon ame.
Je sens que le respect que vous doit un Amant
Cede aux justes transports de mon ressentiment,
Et qu'il est temps aussi, pour me faire connoître,
Que j'agisse en Romain, & que je parle en Maître.
Sçachez donc qu'à la fin l'amour d'un Empereur
S'il n'est pas satisfait degenere en fureur.
Monarque Souverain de la Terre & de l'Onde,
Moy qui d'un seul regard fais trembler tout le Monde,
Puis-je voir sans dépit qu'un insensible cœur
Méprise seul mes Loix, & brave ma douleur ?
Non, non n'esperez pas qu'une lâche tendresse
Vous laisse triompher ainsi de ma foiblesse.
Pour me joindre avec vous par un nœud solomnel
Preparez-vous demain à me suivre à l'Autel.
L'hymen, nous unissant, punira vôtre audace.

EPONINE.

J'attendray sans frayeur l'effet de ta menace,
Adieu. Mais songe au moins que le sort en tout temps
A produit ici bas des revers éclatans,
Et fussions-nous placez au plus haut de sa rouë
Que des projets humains la fortune se jouë,
Que le Trône est souvent facile à renverser,
Qu'enfin tu peux mourir. Je te laisse y penser.

SCENE III.

VESPASIEN, MUCIEN, GARDES,

VESPASIEN.

AH ! quel orgueil, ô Ciel ! quoy ! mon ame étonnée,
Par un fatal amour en esclave enchaînée,
Aprés tant de mépris n'ose briser ses fers !
Dois-je toûjours languir dans ces troubles divers ?
Soûtiendray-je si mal l'honneur du diadême,
Et d'un auguste rang la Majesté suprême ?
Non, c'en est trop souffrir, je prétens en ces jour,

Quel-

Quelque effort qu'il m'en coute, étoufer mon amour.
Je veux abandonner l'ingrate qui m'outrage,
Cette indigne tendreffe eft honteufe à mon âge,
Et quelque ardeur enfin qui me puiffe enflâmer,
Ne pouvant être heureux, il faut ceffer d'aimer.

M U C I E N.

Ouy, Seigneur, il eft temps de vous rendre à la gloire,
D'emporter fur vous-même une entiere victoire.
O Dieux ! en quel état l'amour vous a réduit !
Et quel eft de vos feux le déplorable fruit ?
Oubliez pour jamais la fevere Eponine.
C'eft à d'autres projets que le Ciel vous deftine.
Pour fe foûmetre à vous mille peuples divers
Qui viennent en ces lieux du bout de l'Univers,
Tant de Rois affervis, de Provinces conquifes,
De trefors amaffez, de richeffes acquifes,
Tant de fuccés heureux, tant d'illuftres exploits
Semblent pour vous toucher s'accorder à ma voix.
Ah ! Seigneur, banniffez cet amour de vôtre ame,
Qu'une plus noble ardeur vous preffe & vous enflâme.
Le Ciel qui vous rendit l'arbitre des humains
Veut faire par vos Fils triompher les Romains.
Déja la Paleftine à vos Loix eft foûmife,
Titus vient d'achever cette grande entreprife,
Et l'ennemi vaincu, furpris de toutes parts,
Vient d'être enfeveli fous fes triples remparts.
D'ailleurs, Domitien qui marche en Germanie
S'y promet d'acquerir une gloire infinie:
Et vous devez vous-même en fuyant le repos,
Seconder la valeur de ces jeunes Heros.
Ne languiffez donc plus dans de honteufes chaînes,
Par un heureux oubli finiffez tant de peines,
Et calmant en ce jour vôtre cœur agité,
Perdez le fouvenir d'une ingrate beauté.

V E S P A S I E N.

Ah ! plûtôt qu'oublier cette ingrate que j'aime,
Je crains, cher Mucien, de m'oublier moy-même.
Dans l'état où je fuis je ne me connois plus,

Et

Et mes efforts contre elle ici sont superflus.
Je sens trop que l'amour a jetté dans mon ame,
Pour me desesperer une immortelle flâme,
Qu'il faut luy consacrer le reste de mes jours,
Et pour tout dire enfin qu'il faut aimer toûjours.
Et que me peut servir cette éclatante gloire?
Que me sert aprés moy de traîner la victoire,
Et du vaste Univers d'être aujourd'hui vainqueur,
Si je ne puis, helas! triompher d'un seul cœur?
Mais d'un cœur à mes yeux bien plus cher que l'Empire
J'en atteste les Dieux.

MUCIEN.

       Seigneur, qu'osez-vous dire?
Qui vous peut inspirer un semblable discours?
Non, mon zele pour vous n'en peut souffrir le cours:
Est-ce là, dites-moy, ce genereux courage
Qui sur Vitellius vous donna l'avantage,
Et vous fit triompher de vos fiers ennemis
En rendant à vos Loix tout l'Empire soûmis?
Vous suivez les conseils d'une aveugle tendresse?
Ah! vous devez rougir d'une telle foiblesse.
Que dira l'Univers? que diront les Romains,
Seigneur, lors qu'ils seront instruits de vos desseins?
Vous les verrez alors, zélez pour la Patrie,
Dans leur juste fureur attaquer vôtre vie,
Et ces peuples jaloux de conserver leurs droits
Voudront vanger sur vous la honte d'un tel choix:
Car voulant partager la grandeur souveraine,
Vous devez en ces lieux choisir quelque Romaine,
Digne de cet honneur, & dont le noble sang
L'éleve avec justice en cet illustre rang.
Cet ordre parmi nous est une loy sacrée
De tous nos Empereurs jusqu'ici reverée;
Eponine est Gauloise, & par ce seul défaut
Elle ne peut monter en un degré si haut.
D'autre part Domitie, attachée à vous nuire,
Ne cherche pour regner qu'à pouvoir vous détruire.
Le fier Domitien doit être son Epoux,

Et

Et ce jeune Guerrier l'a laissée avec nous
Pour mieux examiner toute vôtre conduite,
Et voir de cet amour quelle sera la suite:
Ce Prince de long-temps ennemi de Titus
Quoy qu'il ait même sang n'a pas mêmes vertus,
Il peut vous perdre un jour si vôtre ame s'obstine
Dans son aveuglement pour l'ingrate Eponine.

VESPASIEN.

Je ne puis, Mucien, négliger vos avis,
Ils sont trop importans pour n'être pas suivis,
C'est par eux que je regne en cet auguste Empire.
Mais, encore une fois, j'oseray vous le dire,
Je ne pourray jamais, m'en couta-t'il le jour,
Arracher de mon cœur ce malheureux amour.

ACTE II.
SCENE PREMIERE.
DOMITIE, SULPICIE.
DOMITIE.

AH ! ne m'accablez pas, mais plûtôt, Sulpicie,
Venez par vos conseils rassurer Domitie.
Quoy, quand l'ambition éleve mes regards
Jusqu'au plus haut degré du Trône des Césars,
Lorsque Domitien ne voit qu'avec colere
Un rang si glorieux occupé par son Pere,
Quand je n'ay plus enfin qu'un pas pour y monter,
Puis-je, sans desespoir, m'en voir precipiter ?
A quels honneurs, ô Ciel ! l'Empereur vous destine
Trop superbe Gauloise, orgueilleuse Eponine !
Déja pour vôtre hymen tout s'aprête en ces lieux.
Et vous le souffririez, impitoyables Dieux ?
Ah ! dans quel trouble affreux un tel dessein me jette !
Quoy ! loin de commander, je me verrois sujete !
Le peuple qui déja semble subir ma Loy
Prodigueroit ses vœux pour un autre que moy,
Et le brillant éclat de la grandeur Romaine

. Seroit

Seroit entre les mains d'une autre Souveraine !
Tandis que loin du Trône, en proye à mes douleurs,
Je n'aurois pour secours que d'inutiles pleurs !
Que du Ciel en courroux le redoutable foudre
Tombe ici sur ma tête & me reduise en poudre,
Plûtôt que la fierté de mon cœur furieux
Souffre, sans le troubler, cet hymen odieux.

SULPICIE.

C'est pousser un peu loin cette ardeur inquiete.
Vous serez son égale, & non pas sa sujete,
Et vous devez, Madame, au gré de l'Empereur,
Moderer les éclats d'une telle fureur.
Ne peut-il à son choix disposer de l'Empire,
Et suivre en son amour le penchant qui l'attire ?
Il est Maître, il le veut, & c'est assez pour nous,
Pourquoi ces vains transports d'inutile courroux ?
A vôtre illustre sort, un heureux hymenée
Va de Domitien joindre la destinée,
Et d'abord qu'en ces lieux il sera de retour
Il doit aux yeux de tous couronner vôtre amour,
Il est vray. Mais, Madame, une telle alliance
Ne met pas en vos mains la suprême puissance.
Par la force des Loix, & par l'ordre du sang,
Il ne peut pas encore aspirer à ce rang,
Et tous les droits sacrez qui parlent pour le pere
Sur le Trône, avant lui, doivent mettre son frere :
Quelque desir qu'il ait de se voir couronné,
Le pere n'étant plus, l'Empire est à l'aîné,
Et Titus des Romains aujourd'hui les delices
Pour qui tous nos autels fument de sacrifices,
Qui dans Jerusalem accablant les Hebreux
Vient d'en exterminer les restes dangereux,
Triomphant & cheri revient par sa presence
Bannir de vôtre esprit une telle esperance.

DOMITIE.

Et c'est là, Sulpicie, & vous l'avez pû voir,
D'où vient toute ma rage & tout mon desespoir.
Je ne puis plus souffrir cette brillante gloire

B

D'un

D'un Prince trop heureux qu'a suivi la victoire.
Ce n'est pas qu'en secret je n'admire Titus
Je rens en mon esprit justice à ses vertus.
Mais ce jeune Heros, cet effroy de l'Asie,
Inspire dans mon cœur une âpre jalousie,
Je voudrois avoir mis ce Vainqueur sous ma loy,
Que ce fameux guerrier ne vécût que pour moy,
Plus il acquert d'honneur, plus ce desir m'enflâme.
Non que le foible amour ait penetré mon ame,
J'en repousse les traits, j'en hay la passion,
Et ne respire enfin que pour l'ambition.
C'est cette ambition qui sans cesse m'anime
Qui me fait sans frayeur envisager le crime,
Et qui pour m'élever au plus sublime rang
Me feroit, sans trembler, verser mon propre sang:
Pour m'y placer bien-tôt, & pour me satisfaire,
Je ne veux épargner parens, frere, ni pere,
Et quelques noms qu'on donne à de pareils desseins,
La honte d'en tomber est tout ce que je crains.

SULPICIE.

Quels discours, juste Ciel! & que m'osez-vous dire?
Est-ce par ces chemins qu'on parvient à l'Empire?
D'une telle fureur les projets odieux
Attireront sur vous la colere des Dieux.

DOMITIE.

J'en crains peu le courroux. Leur aveugle puissance
Souvent au lieu du crime a puni l'innocence,
Ils lancent au hazard leurs foudres redoutez
Et l'effet n'en suit pas toûjours leurs volontez.
Les cœurs ambitieux n'ont jamais craint l'orage,
Et de Tullie enfin j'admire le courage,
Elle immola son pere au desir de regner;
Et lorsque ses chevaux le vouloient épargner,
Pour ceindre à son Epoux le sanglant diadéme
Elle le fit passer sur son pere, elle-même,
Et sans considerer la nature & ses droits
Oublia pour le Sceptre & le sang & les Loix.

SUL-

SULPICIE.

Gardez-vous d'imiter cet exemple execrable.
Pourquoy vous propoſer un crime abominable,
Un crime dont on tremble au moindre ſouvenir,
La honte du paſſé, l'horreur de l'avenir ?
Ah ! détournez vos pas d'un ſi grand precipice.
La pompe de ce rang vaut-elle une injuſtice ?
On déteſte à loiſir les plus heureux forfaits,
Et nos propres remords ne nous quitent jamais.

DOMITIE.

Et bien, n'en parlons plus. Mais quoy qu'on puiſſe dire,
Je connois la grandeur & le prix d'un Empire,
Et pour me l'acquerir & me le conſerver
Je perdray ſans regret qui me veut l'enlever:
Je n'épargneray rien dans ma colere extrême,
Et j'immoleray tout, fut-ce l'Empereur même,
Ce n'eſt qu'avec le jour qu'on peut m'ôter ce bien,
Et jamais de mon cœur......

SULPICIE.

Quitez cet entretien.

Eponine.....

DOMITIE.

Fuyons ſa preſence importune.

SCENE II.

EPONINE, DOMITIE, PAULINE, SULPICIE.

EPONINE.

AH ! Madame, arrêtez, & dans mon infortune
Ne me reſuſez pas le genereux ſecours
Qui ſeul de mes malheurs peut détourner le cours.
Prés de Veſpaſien je ſçay vôtre puiſſance,
Et j'en viens implorer l'infaillible aſſiſtance,
Accordez cette grace à mes vives douleurs
Et laiſſez-vous, Princeſſe, atendrir par mes pleurs.
Du rigoureux deſtin dont je ſuis menacée,
Du tiranique hymen dont je me vois preſſée,
Vous pouvez, de mon cœur, vous declarant l'apui,

Par vos soins obligeants m'affranchir aujourd'hui.
D'un temeraire amour victime infortunée,
A quel suplice, helas ! me vois-je condamnée,
Puisque, sans plus tarder, l'Empereur dés demain
Veut enfin m'obliger à lui donner la main.
Dans cette extrêmité c'est en vous que j'espere,
Madame, au nom des Dieux , obtenez qu'il difere,
Qu'il ne me force point de le suivre à l'autel,
Ou qu'il suspende au moins un ordre si cruel.
Je ne vous diray point que sa funeste envie,
S'il veut l'executer me coutera la vie ,
Et que pour le braver, un heroïque effort
Sçaura même à ses yeux me procurer la mort.
Pour rompre avec éclat le coup que j'aprehende
Mon sang n'est pas encore une assez digne offrande ,
Et le jour a pour moy de si foibles appas
Que je compte pour rien les horreurs du trépas.
Je craindrois seulement qu'ami de l'innocence
Le Ciel trop irrité n'embrassât ma défense,
Et que lançant les traits qu'il jette en sa fureur
Il ne punît un jour l'Empire & l'Empereur.
Vous pouvez prévenir la colere celeste
En delivrant mon cœur d'un feu que je deteste,
Pour obtenir ce bien j'embrasse vos genoux,
Et c'est là le secours que je veux.....

                    D O M I T I E.

                                    Levez-vous,
Et parlons maintenant sans aucun artifice.
Pourriez-vous refuser le rang d'Imperatrice ?
Et le Sceptre du Monde a-t'il si peu d'appas
Qu'on puisse à sa splendeur preferer le trépas ?
Non, non, de cet hymen feignant de vous défendre,
Par de fausses couleurs vous croyez me surprendre,
Et sous les vains discours étalez en ces lieux
Vous cachez les desseins d'un cœur ambitieux.
Par ces foibles détours cessez de vous contraindre,
Vous souhaitez les nœuds que vous paroissez craindre,
Et je m'y connois mal, ou bien-tôt l'Empereur

                                    Verra.

Verra finir pour lui cette feinte rigueur.
Mais moins pour vous servir que pour me satisfaire
Pour éteindre ses feux je suis prête à tout faire,
Et sans vous demander de nouvelles clartez,
Je vais, pour vous punir, suivre vos volontez.

EPONINE.

Quel que soit l'interêt qui vous pousse, Madame,
A rompre les projets dont s'allarme mon ame,
Brisez ce joug fatal dont on veut m'accabler,
Et détournez l'hymen qui me force à trembler.
Soit haine, soit pitié, compassion, ou crainte,
Affranchissez mon cœur d'une indigne contrainte,
Et sans vous dire ici quels sont mes sentimens
Vous les pourrez connoître ensuite avec le temps.

DOMITIE.

Le temps éclaircira ce qu'on ne peut comprendre.

EPONINE.

Ouy, Madame, & dans peu vous me pourrez entendre.

DOMITIE.

Je lis dans vos regards les mouvemens du cœur.

EPONINE.

Souvent de tels garands n'ont rien que de trompeur.

DOMITIE.

On connoît la fierté de vôtre ame orgueilleuse.

EPONINE.

Pour m'en servir ici je suis trop malheureuse.

DOMITIE.

Est-ce un malheur d'avoir son Maître pour Epoux?

EPONINE.

Pour toute autre que moy l'honneur en seroit doux.

DOMITIE.

Il est beau de monter à ce degré sublime.

EPONINE.

Il est beau d'y monter quand on le peut sans crime.

DOMITIE.

Les crimes pour regner sont toûjours glorieux.

EPONINE.

Le crime, quoy qu'on fasse, est toûjours odieux.

DOMITIE.

Nous vous verrons quiter ce superbe langage.

EPONINE.

Non, je veux constament resister à l'orage,
Et le plus grand peril ne me fait nulle horreur.

DOMITIE.

Vous vous expliquerez vous-même à l'Empereur
Le voici qui paroît.

EPONINE.

Ah! quel trouble à sa veuë!

SCENE III.

VESPASIEN, EPONINE, DOMITIE, MUCIEN,
CECINNA, MARCELLUS, PAULINE,
SULPICIE, GARDES.

VESPASIEN.

A Contenter mes vœux étes-vous resoluë,
Madame? Et pour le prix de ma fidelle ardeur,
Puis-je esperer de vous & la main & le cœur?
Depuis assez long-temps vôtre refus m'accable.
Vous payez mon amour d'une haine implacable,
Et vôtre injuste orgueil qui brave mes desirs,
Tout Maître que je suis, méprise mes soupirs.
Je ne sçaurois plus vivre en cette incertitude,
Finissez & ma crainte, & mon inquietude;
Et pour changer, Madame, un si rigoureux sort,
Je viens moy-même ici faire un dernier effort.
Tout mon sang répandu peut-il vous satisfaire?
Quoy que vous m'ordonniez, je suis prêt à tout faire,
Je n'ay pour toute loy que vos commandemens.
Et puis vous assurer, par mille affreux sermens,
Que jamais tant d'amour n'a penetré mon ame,
Que rien n'est comparable au beau feu qui m'enflâme,
Que pour vous oubliant les soins de l'Univers
Je mets toute ma gloire à mourir dans vos fers,
Et que mon triste cœur, dans un tel sacrifice,
Aime encor son tourment, & cherit son suplice.
Rendez-vous donc, Madame, & souffrez qu'en cé jour
Un

Un hymen fortuné succede à tant d'amour.
DOMITIE.
Ah! quelle indignité, quelle bassesse extrême!
EPONINE.
Seigneur, en cet instant je confesse moy-même,
Que malgré la douleur de mon cœur abatu
Je vois par vôtre amour quelle est vôtre vertu.
Des respets si soûmis devroient toucher mon ame,
Mais je ne puis répondre au feu qui vous enflâme:
Un devoir trop pressant, un obstacle trop fort,
Deffend que je m'unisse à vôtre illustre sort.
C'est déja trop pour moy de soufrir ce langage,
Aux cendres d'un Epoux c'est faire trop d'outrage,
Quand je receus sa main par un nœud solemnel,
Je lui juray, Seigneur, un amour éternel,
Nos deux cœurs sur l'Antel échangez l'un pour l'autre,
Ne me permettent plus de recevoir le vôtre,
Je ne vis que pour lui comme il vécut pour moy,
Et j'aime mieux mourir que de trahir ma foy.
Ne me parlez donc plus d'amour ni d'hymenée,
A d'éternels ennuis le Ciel m'a destinée,
Et je vais loin de vous, sensible à mes malheurs,
Donner un libre cours à mes justes douleurs.

SCENE IV.

VESPASIEN, DOMITIE, MUCIEN, CE INNA,
MARCELLUS, SULPICIE, GARDES.

VESPASIEN.

AH! de grace, écoutez.... ô Ciel! qu'allois-je dire!
Quel funeste projet ma lâcheté m'inspire!
Quoy! toûjours prêt pour elle à me sacrifier
Pour ses seuls interêts dois-je tout oublier?
C'est peu de lui ceder une entiere victoire,
C'est peu d'abandonner tout le soin de ma gloire,
Amant sans esperance, & toûjours malheureux,
J'expose un Empereur à des mépris honteux,
J'offre un Trône ou mon sang, je pleure, je suplie,
Et je m'abaisse en vain, en vain je m'humilie,

Je fais pour la toucher des efforts superflus.
Ah! c'est trop de mépris, trop d'éclatans refus.
Eteignons cet amour, oublions cette ingrate.
Mais, helas! dans mes maux quelle douceur me flate!
Ses yeux en me quitant avoient moins de courroux,
J'ay vû dans ses regards je ne sçai quoy de doux
Qui semble me permetre une foible esperance.
Peut-être que le temps vaincra sa resistance,
Peut-être que mes soins... .

M U C I E N.

                    Quoy, vous voulez, Seigneur,
Sans cesse d'Eponine essuyer la froideur?
Vous voyez jusqu'où vont ses mépris & sa haine,
Et vous craignez encor de briser vôtre chaîne!
Ah! quitez cette ardeur si fatale à vos jours,
Ne vous obstinez plus en ces lâches amours,
Reprenez en Heros les rênes de l'Empire,
Vôtre gloire le veut, & Rome le desire.

D O M I T I E.

Non, non, suivez, Seigneur, avec empressement,
Tout ce que vous inspire un objet si charmant:
Pour vaincre la Gauloise il n'est point d'infamie.
Metez en vôtre lit cette fierre ennemie
Qui de sa propre main sçaura vanger sur vous
Les Manes irritez de son premier Epoux.
Il me semble, au milieu des pompes qu'on prepare,
Un poignard à la main voir déja la barbare,
Poursuivre la fureur de son cœur offensé,
Et verser sans scrupule un sang presque glacé,
Rien ne vous peut saüver des coups de l'inhumaine,
Le fer & le poison satisferont sa haine,
Et craignant de trouver vos vangeurs en vos fils
Ils periront tous deux sous ses coups ennemis,
Leur mort de vôtre hymen sera la recompense.
Ses regards, dites-vous, ont moins de violence,
Qui sçait si ce n'est point une fausse douceur
Pour mieux trouver la voye à vous percer le cœur?
Vous ignorez encor ce que peut la colere

D'une

D'une femme en fureur qui veut se satisfaire,
Et vous n'en connoîtrez les effets dangereux.
Que par les coups certains d'un trépas rigoureux.
Courez donc à l'Autel faciliter son crime,
Allez, son bras vengeur n'attend que la victime.

VESPASIEN.

Helas ! dans quel état me metez-vous tous deux ?
Dois-je écouter ma gloire, ou consulter mes feux ?
Dois-je prendre ou bannir la terreur qu'on m'inspire ?
Faudra-t'il pour l'amour renoncer à l'Empire ?
Faudra-t'il pour l'Empire abandonner l'amour ?
Tous les deux à l'envi me flâtent tour à tour,
L'un m'offre les appas d'une brillante gloire,
L'honneur de consacrer mon nom à la memoire,
Et de donner enfin l'exemple à l'Univers
Que l'on peut à son gré rompre d'indignes fers.
L'autre, prêt à tarir la source de mes larmes
Presente à mon esprit sa douceur & ses charmes,
Ses tendres mouvemens, ses innocens plaisirs ;
L'avantage de vaincre aprés tant de soûpirs,
Et s'il faut jusqu'au bout avoüer ma foiblesse
Je sens toûjours mon cœur pancher vers la tendresse.
Mais pourquoy les frayeurs dont je suis allarmé ?
Les Heros, les Cesars, les Dieux, tous ont aimé,
Ils ont tous éprouvé le tourment que j'endure
Et ce crime est commun à toute la nature.

MUCIEN.

Je ne puis exprimer les malheurs que je crains.
Cette flâme obstinée irrite les Romains ;
Je sçay même, Seigneur, qu'on s'assemble, on conspire,
Des amis ont pris soin déja de m'en instruire,
Et je tremble qu'enfin ce malheureux amour
Ne vous coute à la fois, & l'Empire & le jour.

DOMITIE.

L'Empire est-il d'un prix si puissant sur son ame
Qu'il puisse balancer la grandeur de sa flâme ?
Non, non, l'amour peut tout, & son cœur glorieux
Suit les pas des Heros, des Cesars & des Dieux.

B 5

VES-

VESPASIEN.

Ah! loin de m'accabler, plaignez mon infortune.
Les Romains, mon amour, mon rang, tout m'importune,
Je ne me connois plus, & dans un tel état
Il vaut mieux par ma fuite éviter le combat.   *Il sort.*

MUCIEN.

Ne l'abandonnons point, suivons ses pas, Madame,
Et tachons à calmer le trouble de son ame.

SCENE V.

CECINNA, MARCELLUS.

MARCELLUS.

CEcinna, c'en est fait, il est temps d'éclater,
De cet avis secret nous devons profiter,
Le trépas est certain si l'entreprise est sçûë:
Tout est trop avancé pour douter de l'issuë:
N'attendons pas ici qu'un funeste raport
Déconcertant l'intrigue avance nôtre mort,
Car puisque Mucien a sçû que l'on conspire,
Que quelqu'un d'entre nous a daigné l'en instruire,
Il faut tout redouter de cette trahison,
Et nos bras doivent seuls nous en faire raison.
Attaquons le Tyran, & sauvons Eponine
Du suplice odieux qu'un cruel lui destine.

CECINNA.

Oüy, sans doute, il est temps, allons donc, Marcellus,
Assurer par sa mort l'Empire à Sabinus.
Un de ses affranchis a sçû me faire entendre
Que ce soir au plus tard il doit ici se rendre,
Et qu'enfin pour se voir dans ces murs introduit
Ce Heros n'attend plus que l'ombre de la nuit.
Aussi-tôt que dans Rome on le verra paroître
Le peuple en le voyant l'acceptera pour Maître,
Et lassé des excés d'un avare Empereur
Nous le verrons bien-tôt s'armer en sa faveur.
De ses fils qui pourroient seuls troubler nôtre envie
L'un est en Palestine, & l'autre en Germanie,
Et nous n'en craindrons point le retour dangereux.

Par

Par les ordres secrets que j'ay donné contre eux.
C'eſt pouſſer un peu loin la vengeance & le crime,
Mais mon cœur eſt outré d'un courroux legitime,
Nous voyons par l'oubli nos exploits effacez.
On mépriſe aujourd'hui nos ſervices paſſez,
Et la Cour à nos yeux n'a rien que de ſiniſtre
Sous l'abſolu pouvoir d'un inſolent Miniſtre:
Courons donc nous vanger, & nous aurons enfin
Sous un regne plus doux un plus heureux deſtin.

MARCELLUS.

Ouy, Seigneur, j'y conſens, mais avant d'entreprendre
Puiſque bien-tôt ici Sabinus doit ſe rendre,
Allons le recevoir, amenons-le ſans bruit,
Et dés que le Soleil aura chaſſé la nuit
En perdant le Tyran pour ſervir ce grand Homme
Des maux qu'elle a ſoufferts nous irons vanger Rome.

❖❖❖❖❖❖❖❖❖❖❖❖❖❖❖❖❖❖❖❖

ACTE III.
SCENE PREMIERE.
SABINUS, CECINNA, MARCELLUS,

CECINNA.

ET quoy, Seigneur, malgré nos ſinceres avis,
Vous courez vous jeter entre vos Ennemis?
Vous venez en ces lieux prodiguer vôtre vie,
Vous immoler vous-même aux fureurs de l'envie?
C'eſt trop vous expoſer, ſortez de ce Palais,
Contentez aujourd'hui nos plus ardents ſouhaits,
Faites-vous voir au peuple & ſongez que l'Empire.....

SABINUS.

Je ſçay quelle eſt pour moy l'ardeur qui vous inſpire,
Et ſi le Ciel répond à mes juſtes deſirs
Je prétens hautement vanger nos déplaiſirs.
Mais avant de tenter cette grande entrepriſe
Souffrez qu'en ce Palais mon amour me conduiſe,
Que je voye Eponine, & qu'au moins en ce jour
Je rende ſes beaux yeux témoins de mon retour.
C'eſt trop être privé de ſa chere preſence.

B 6

Quel

Quel exemple, grands Dieux, d'amour & de constance,
Et que ne doit point faire un Epoux trop heureux
Pour un objet si digne, un cœur si vertueux !
Helas ! depuis quel temps le sort nous persecute,
A quels cruels malheurs nous voyons-nous en bute,
Combien de tristes coups du destin irrité !
Cependant son devoir ne s'est point rebuté,
Elle a par sa vertu signalé sa tendresse,
Toûjours en ma faveur le même soin la presse,
Et je serois ingrat, injuste, criminel,
Si je ne la payois d'un amour éternel.
Souffrez donc, Cecinna, que ma premiere étude
Soit de calmer l'excés de son inquietude,
D'apaiser les transports de sa vive douleur,
Et commencer par elle à vaincre son malheur.
En suite j'auray soin de me rendre à la gloire,
De courir avec vous remporter la victoire
D'immoler le Tyran à ma juste fureur :
Et reprenant ici le titre d'Empereur
J'iray remplir un rang que le Ciel me destine.
Vous, cependant allez avertir Eponine
De mon heureux retour en ces lieux fortunez
Qui va rendre ses maux & les miens terminez.

                    MARCELLUS.
Nous allons de son cœur banissant la tristesse,
Y reporter, Seigneur, une entiere allegresse,
Et prévoyant l'effet de son empressement
Vous la verrez, sans doute, ici dans un moment.

SCENE II.

SABINUS seul.

ENfin dans l'entreprise où ma gloire m'entraine
Le Trône ou le trépas doivent finir ma peine,
Et je reviens ici, par un dernier effort,
Ou reprendre l'Empire, ou recevoir la mort.
O vous, qui commandez sur la Terre & sur l'Onde,
Rome, qu'on voit encor la Maîtresse du Monde,
Dont le superbe aspect étonne les regards

Reconnoissez en moy le vray sang des Céfars.
De Jule mon Ayeul je dois suivre les traces,
Et vanger, si je puis, nos comunes disgraces :
Un Tyran odieux vous accable de fers,
Son avide fureur fait gemir l'Univers,
Il m'arracha le Sceptre, il ataqua ma vie,
Qu'il croit que dés long-temps la flâme m'a ravie,
Et le Ciel aujourd'hui me ramene en ces lieux
Pour punir le cruel, ou mourir à ses yeux.
Je vais donc. … quel objet se presente à ma vûë !
Helas, de quels transports je me sens l'ame émuë !

SCENE III.
EPONINE, SABINUS, PAULINE, CECINNA, MARCELLUS.

SABINUS.

AH! Madame.

EPONINE.

Ah ! Seigneur, est-ce vous que je voy ?
Vôtre presence ici redouble mon effroy.
Le sort & le Tyran, contre nous touts'assemble,
J'espere & je fremis, je soûpire & je tremble,
Mes yeux qui malgré moy s'abandonnent aux pleurs
Semblent me préfager cent mortelles douleurs.
Ah ! cessez d'exposer une si chere vie
Aux redoutables traits de la plus noire envie :
Fuyez, fuyez, Seigneur, de ce Palais affreux,
Et croyez pour vos jours ces amis genereux,
C'est un zele parfait qui pour nous les anime :
Gardez à vos bourreaux de livrer la victime,
Le Temple est preparé, le sacrifice est prest,
Vous pourriez recevoir le coup avec l'Arrest.
Helas ! je m'abandonne à cette juste crainte,
Et je cede aux horreurs dont mon ame est atteinte,
Mais pour vous delivrer de ce coup inhumain
Ne venez plus ici que les armes en main,
Montrez-vous aux Romains, & leur faites connoître
Le Sang du grand César, leur Empereur, leur Maître,
Allez

Allez de nos deftins appaifer la rigueur,
Pariffez, combatez, & revenez vainqueur.
              S A B I N U S.
Oüi, Madame, j'y cours, & vais tout entreprendre,
De ces vaines terreurs tâchez à vous deffendre,
Voicy l'heureux inftant de finir nos malheurs,
De detruire un tiran, & d'effuyer vos pleurs.
Faffe le jufte Ciel qu'aujourd'hui la victoire
Seconde des projets infpirez par la gloire,
Qu'un fucces triomphant reponde à nos defirs,
Et banniffe à jamais vos cruels deplaifirs.
Mon cœur, chere Eponine, à ces grandeurs n'afpire
Que pour mettre à vos pieds le Souverain Empire,
Que pour vous rendre un jour Maîtreffe des Romains
Et voir à vos genoux le refte des humains.
Aprés tant de bontez, tant de fermeté d'ame
Le Trône eft le feul prix d'une fi belle flâme,
Trop heureux fi je puis par fa vive fplendeur
Recompenfer bien-tôt vôtre fidelle ardeur.
Ah! fi jamais mon cœur .. ..
              E P O N I N E.
                    Seigneur, fongez, de grace,
De quel peril ici le deftin vous menace.
Dans ces lieux Ennemis tout eft à redouter,
D'un tems fi precieux vous devez profiter,
Allez, courez, volez où l'honneur vous convie,
Mais fur tout, Sabinus, menagez vôtre vie.
              S A B I N U S.
Ah! charmante Eponine, en cet heureux moment,
Le foin de mon falut m'occupe foiblement,
Je ne fonge qu'à vous dans ce peril extréme,
C'eft pour vous que je vis, c'eft vous feule que j'aime,
Et je facrifierois fans peine à mon amour
La gloire, les grandeurs, & le Sceptre & le jour.
Mais puifqu'à ce projet vôtre interét m'apelle,
Que je vois tant d'amis s'armer pour ma querelle,
Il faut les fatifaire, & bien-tôt ces foldats
Qui m'offrent à l'ennui le fecours de leurs bras

                                        Les

Les Armes à la main, me verront à leur tête
Faire sur le tiran éclater la tempête.
Oüi, je vais lui porter de redoutables coups,
Et je puis tout permettre à mon juste courroux.
Je suis trop irrité pour souffrir davantage
D'un lâche usurpateur l'insolence & l'outrage,
Et bravant aujourd'hui le plus affreux danger
Je vais aux yeux de tous me perdre ou nous vanger.
Le Ciel juste & propice, en faveur de vos larmes,
D'un glorieux succés honnorera nos armes,
Et puisque mes desseins sont approuvez des Dieux
Bien-tôt comme vainqueur je reverrai ces lieux.

EPONINE.

Puissent ces mêmes Dieux, recours des miserables,
Dans ce pressant besoin nous être favorables,
Puissent-ils de nos maux interrompre le cours,
Et touchez de mes pleurs prendre soin de vos jours.
Partez, trop digne objet d'une constante flâme.

SABINUS.

Adieu, trop vertueuse & trop aimable femme.

SCENE IV.

EPONINE, PAULINE.

EPONINE.

JE sens à son depart tout mon corps frissonner.
  Ciel! quels pressentimens voulez-vous me donner?
Je vois, loin des honneurs où Sabinus aspire,
Mille tristes objets dont tout mon cœur soupire;
J'entrevoi les apprêts d'un funeste trépas,
Et mon Epoux sanglant expirer dans mes bras.
A cet horrible aspect, cette image cruelle,
Mon courage s'étonne, & ma raison chancelle,
Je ne puis exprimer le trouble où je me voy
Et tout ce que j'entens redouble mon effroy.

PAULINE.

Pourquoi vous arrêter à ces injustes craintes?
Rassurez-vous, Madame, & finessez vos plaintes,
D'un orage si prompt Vespasien troublé

Avant qu'être en deffense en doit être accablé,
Et n'étant point instruit de tout ce qui s'apréte
La foudre, sans éclat, va tomber sur sa tête.

E P O N I N E.

Ah ! pour authoriser les malheurs que je crains,
Combien ont succombé dans de pareils desseins!
Pour arriver au Trône, & pour y prendre place,
Entre mourir & vaincre il n'est aucun espace,
Et souvent tel qui croit monter à ce haut rang
En voit les premiers pas arrosez de son sang.
La fortune y fait plus que les vertus suprémes,
Elle seule à son gré donne les diadémes,
La noire trahison, le Sacrilege affreux
Fait regner quelque fois le vice trop heureux,
Et le Ciel en courroux, au lieu de son tonnerre
Se sert de ces tirans pour ravager la terre.

SCENE V.

VESPASIEN, EPONINE, MUCIEN, PAULINE, GARDES.

V E P A S I E N.

QU'on redouble ma garde, allez, cher Mucien,
Disposez, ordonnez, & ne negligez rien,
Il faut se garantir d'une telle surprise,
Et faire, s'il se peut avorter l'entreprise.
Formez un bataillon de nos Pretoriens,
Je me rendrai bien-tôt à la tête des miens. *Mucien rentre.*

E P O N I N E.

Qu'entens-je, justes Dieux! tout est perdu, Pauline,
Sabinus va perir.

V E S P A S I E N.

Inhumaine Eponine,

Ce n'étoit pas assez de rejetter ma foy,
Il vous falloit encore attenter contre moy
Quand je veux avec vous partager mon Empire,
Par vôtre ordre cruel j'aprens que l'on conspire,
Et pour en confirmer les fidelles avis
Deux de vos Conjurez viennent d'être surpris,

J'ai

J'ai fçû par leur raport les noms de vos Complices,
Et tout eſt preparé pour leurs juſtes ſuplices.
Un diſcours populaire, un murmure confus,
Fait au bout de neuf ans revivre Sabinus,
Ainſi l'on a recours à des fables groſſieres
Pour ſouſtraire au devoir mes Legions guerrieres:
Mais bien-tôt leur valeur & leur fidelité
Puniront hautement cette temerité.
Pour tous ces Criminels n'attendez point de grace,
Leur ſuplice dans peu va ſuivre la menace,
Et ces perfides Cœurs, au milieu des bourreaux
Vont éprouver ici mille tourmens nouveaux.

EPONINE.

Va, je crains peu, Tiran, la fureur qui t'inſpire,
Ne crois pas m'étonner; tu feins que l'on conſpire
Pour avoir un pretexte à t'armer de rigueur
Contre ceux dont la gloire allarme ta grandeur.
Ou plûtôt tu pretens, par ce lache artifice,
Deguiſer à leurs yeux ton indigne avarice,
Et tu leur fais un crime afin de te ſaiſir
Des grands biens dont l'apas excite ton deſir.
Ah! je ne lis que trop dans le fond de ton ame
Et je connois d'où part le courroux qui t'enflâme.

SCENE VI.

VESPASIEN, EPONINE, DOMITIE, PAULINE, GARDES.

DOMITIE.

IL eſt trop vrai, Seigneur, & je n'en doute plus.
Ces perfides Mutins ont pour Chef Sabinus,
Moi-même d'un balcon je viens de reconnoître
Ce ſuperbe Gaulois que l'Enfer fait renaître,
Il approche, il combat, & nos Pretoriens
S'ébranlent fierement pour marcher vers les ſiens.
C'eſt un amas confus de Drapeaux, d'Aigles, d'Armes,
Le Senat eſt troublé, le Palais en allarme,
Le deſordre eſt par tout, & vous devez courir
Soutenir vos Soldats, triompher ou perir.

VES-

VESPASIEN à *Eponine*.

Quoi, perfide, il est vrai.....

DOMITIE.

Seigneur, point de reproche,
Songez que de ces lieux vôtre rival s'approche,
Allez donc, & bien-tôt punissant l'attentat
Immolez-le sans crainte au repos de l'Etat.

EPONINE.

Ah! Seigneur, épargnez.....

VESPASIEN.

Non, non, plus d'indulgence,
Il faut par mille morts assouvir ma vangeance,
Et faire des Mutins un affreux châtiment.
Vous, Gardes, qu'on l'observe en son apartement.
Moi, je cours me ranger où mon devoir m'apelle.

EPONINE *en sortant*.

O Ciel, tu mets le comble à ma douleur mortelle.

S C E N E   VII.

DOMITIE *seule*.

ET bien, injustes Dieux, vous l'avez donc permis?
Vous voulez proteger nos cruels Ennemis
Ces jaloux du grand nom de Maîtres de la terre
Qui sortent du Cercueil pour nous faire la guerre?
Mais ma noble fierté bravant vôtre rigueur,
Ne peut dans ce peril abandonner mon cœur.
Si la Victoire ici ne suit pas mon envie
J'éviterai leur rage en terminant ma vie,
Et la flâme & le fer me vangeront enfin
De ce qu'en leur faveur osera le destin.
Puis que mon juste orgueil ne peut souffrir qu'à peine
De voir en d'autres mains la grandeur Souveraine,
Que pour monter au Trône avec Domitien
J'en voudrois même encor chasser Vespasien,
Puis-je à d'autres qu'à lui ceder le rang suprême,
Et perdre, sans mourir, l'espoir du Diadéme?
Non, non, la mort n'est pas si terrible pour moy
Que la crainte & l'horreur des maux que je prevoy.

Mais

Mais pourquoy ces frayeurs, d'où viennent ces allarmes?
Il faut attendre tout du succés de nos armes,
Et dans ce jour fatal tant de braves Soldats
Exercez dés long-temps aux plus rudes combats,
Excitez par l'honneur, animez par la gloire,
Feront bien-tôt pour nous declarer la victoire.
Ouy, j'espere qu'ici leur genereux effort
Sçaura nous arracher aux cruautez du sort,
Et par d'heureux exploits nous assurant l'Empire
Surmonter l'ennemi qui cherche à nous détruire.
Cependant observons la Gauloise en ces lieux,
Et si le sang versé peut apaiser nos Dieux,
Il faut sans consulter les vertus ni les crimes,
Et qu'elle & Sabinus me servent de victimes.

ACTE IV.

SCENE PREMIERE.

DOMITIE, SULPICIE.

DOMITIE.

QUe je crains du combat le succés incertain!
Je cours dans ce Palais, & je m'agite en vain.
Tout tremble, tout fremit en ces rudes allarmes,
Je ne vois que des morts, des blessez & des armes.
Déja jusqu'en ces lieux mille cris parvenus
Font retentir par tout le nom de Sabinus.
Le Ciel, l'injuste Ciel, en le comblant de gloire,
Voudroit-il à son bras accorder la victoire?
Qu'en lui prêtant secours il le rende vainqueur,
Il ne pourra du moins triompher de mon cœur:
Je sçauray par ma mort prévenir son envie,
Et je suis déja prête à sortir de la vie.
Mais suivant les transports d'un trop juste courroux
Sur la fiere Eponine il faut porter mes coups,
Et dans mon desespoir, poursuivant ma vengeance
Contenter ma fureur en perdant qui m'offense.
Ouy, je veux, Sulpicie, en cette occasion

Sa-

Sacrifier ses jours à mon aversion,
Et m'immoler aprés si le destin barbare
En faveur des mutins aujourd'hui se declare.

S U L P I C I E.

Pourquoy contre ses jours armer vôtre rigueur ?
Son Sexe, sa beauté doit toucher vôtre cœur.
Vous ne pouvez sans crime avoir cette pensée
Dont seroit à jamais vôtre gloire offensée.

D O M I T I E.

Ma gloire est attachée au Trône où je prétens,
Qu'importe d'y monter par des degrez sanglans ?
Je n'ay devant les yeux que la peur d'en descendre,
Et pour m'y maintenir je dois tout entreprendre.
Mais que vois-je ?

S C E N E   II.

VESPASIEN, DOMITIE, SULPITIE, GARDES.

D O M I T I E.

AH ! Seigneur, quel bonheur est le mien.

V E S P A S I E N.

Vous revoyez vainqueur l'heureux Vespasien.
Nos Soldats ont enfin, reprimant l'insolence,
Puni des revoltez l'injuste violence,
Et méprisant pour nous le trépas à mes yeux,
Ont sçû me procurer un succés glorieux.
Les Chefs des conjurez ont payé de leurs vies
Leur noires trahisons, leurs lâches perfidies :
L'injuste Cecinna, le traître Marcellus
Les premiers sous mes coups viennent d'être abatus,
A nos heureux efforts tout a cedé sans peine,
Même Sabinus pris…. le voici qu'on amene,
Sa disgrace, Madame, augmente sa fierté.

D O M I T I E.

Songez que son trépas fait vôtre sureté,

SCENE

SCENE III.

VESPASIEN, SABINUS, DOMITIE, SULPICIE, GARDES.

SABINUS.

HE bien, à mes desseins la fortune contraire,
M'expose encor un coup à toute ta colere,
Et le sort contre moy ne s'est point dementi
Abandonnant pour moy le plus juste parti.
N'attens pas que mon cœur se trahisse ou se trouble,
Plus le destin m'abat, plus ma vertu redouble.
Je cherche le trépas, & crains peu ta fureur,
Quoy que vaincu deux fois je suis ton Empereur,
Tu ne sçaurois m'ôter ce suprème avantage.
    Romains, de Jule en moy reconnoissez l'image,
Ses ennemis secrets, par un assassinat,
L'immolerent, jadis, au milieu du Senat,
Et l'on voit aujourd'hui le sang de ce grand Homme
Prêt à soüiller les mains du fier Tyran de Rome.
Triste conformité que le Ciel en courroux
Fait dans nos derniers jours éclater entre nous.

VESPASIEN.

Cesse par ces discours d'irriter ma vangeance,
Et tache bien plûtôt d'exciter ma clemence.
Toy, qui sembles revivre, & sortir du cercueil
Pour venir à mes yeux étaler ton orgueil,
Que fais-tu, malheureux? & quel astre severe
Offre encore ta vie à ma juste colere?
Songe, perfide, songe, au lieu de me braver,
Que maître de ton sort je puis seul te sauver,
Que je puis d'un seul mot t'arracher au suplice
Ou permettre à l'instant ta mort avec justice.
Ton crime, tu le sçais, merite le trépas.

SABINUS.

Tu peux me le donner, je ne m'en plaindray pas.
Le Ciel, entre nous deux met cette difference,
Qu'il couronne le crime, & punit l'innocence.
Il m'accable de maux, il te comble de biens,

Mais

Mais sans examiner quels secrets sont les siens,
Tu sçais que quelquefois diferant sa vangeance,
Il semble des méchans flâter la violence ;
Mais crains de cet oubli le retour dangereux,
Tôt ou tard son courroux se declare contre eux,
Et pour leur faire un jour expier tous leurs crimes
Il sçait bien (quand il faut) les prendre pour victimes.

V E S P A S I E N.

Va, le Ciel équitable a bien sçû decider
Qui de nous deux à Rome a droit de commander.
A l'ombre des Lauriers je brave la tempête,
Et l'Empire est à moy par le droit de conquête :
Mes armes, mes exploits en font mon propre bien.

S A B I N U S.

Ciel ! puis-je entendre ainsi parler un Flavien !
Pour avoir en tes mains la suprême puissance
As-tu donc oublié ton sang & ta naissance !
Et quel illustre rang ont tenu tes Ayeux ?
Un simple Centenier fut le plus grand d'entre eux.
Encor quand par la force & le droit de l'épée
Le destin de César triompha de Pompée,
Aux plaines de Pharsale on vit ce Centenier
Abandonner Pompée, & fuir tout le premier.
Voilà quel est l'éclat de ton auguste race.
Et cependant ton cœur veut user de menace !
Va, malgré ton pouvoir, je brave ton courroux,
Et j'attens, sans trembler, tes plus rigoureux coups.

V E S P A S I E N.

Tu me reproche en vain ma premiere bassesse,
Je sçay quel est mon sort, & l'admire sans cesse.
Les Dieux dont l'équité regle tous les humains
Dispensent avec choix leurs ordres souverains,
Et par un trait divin de leur toute puissance
Sçavent à la vertu donner la recompense.
C'est donc par leur pouvoir que de ce vil état
Tu me vois aujourd'hui dans le plus grand éclat ;
Eux-mêmes m'ont tiré d'une foule comune
Pour me faire en ce lieux une haute fortune,

POUR

Pour m'élever au Trône, & mettre entre mes mains
Comme au plus vertueux le Sceptre des Romains.
Il est plus glorieux quoi que tu puisses dire,
D'être par ces moyens Possesseur de l'Empire,
Que lorsque l'on ne doit les honneurs de ce Rang
Qu'à des droits incertains, ou qu'à l'ordre du Sang.

DOMITIE.

Pourquoi pour un Rebelle avoir tant d'indulgence?
Sans vous justifier hâtez vôtre vangeance,
Et ne permettez pas que sa temerité
Triomphe impunement de vôtre authorité.
Il faut, Seigneur, le perdre, ou lui ceder l'Empire,
L'un des deux doit trembler tant que l'autre respire,
Et si le sort tantôt s'en declarant l'apui,
Vous eût dans le combat abandonné pour lui;
Vous eussiez bien-tôt vû sa criminelle envie
S'assurer de ce Rang en vous ôrant la vie,
Et vous devez de même, au lieu de l'épargner
Sacrifier ses jours à l'ardeur de regner.

VESPASIEN.

Hé bien, il mourra donc: puis qu'encor il s'obstine
A braver mon pouvoir..... mais je vois Eponine.

SCENE IV.

VESPASIEN, EPONINE, DOMITIE SABINUS, SULPICIE, GARDES.

EPONINE *à ses Gardes.*

NOn, non, tous vos efforts sont ici superflus,
Vous m'arrêtez en vain, je veux voir Sabinus.

A Vespasien.

Ah! dé grace, épargnez une tête si chere,
Tournez plûtôt sur moi toute vôtre colere.
Et n'est-ce pas assez, Seigneur, que de mon Sang
Pour calmer vos fureurs vous épuisiez mon flang?
Faudra-t'il que le sien contente vôtre haine?
Et pouvez-vous trahir cette vertu Romaine
Qui se fait une Loi d'épargner les vaincus?
Mais que vois-je? grands Dieux! ah, je n'en doute plus;

Je

Je lis dans vos regards mon malheur & sa perte,
Seigneur, si tant d'ennuy, tant de peine soufferte,
Tant de pleurs repandus, tant de tristes soupirs
Qui vous ont jusqu'ici marqué mes deplaisirs,
Si nos cruels tourmens ne touchent point vôtre ame,
A lui donner la mort commencez par sa Femme,
Percez mon foible cœur pour mieux punir le sien,
Et puis qu'il faut du sang contentez-vous du mien.
Je viens à vos genoux prendre sur moy son crime,
Le sauver du trépas, & m'offrir pour victime.
Helas! depuis neuf ans enfermez au tombeau,
Chaque jour y trouvant un suplice nouveau,
Privez de la clarté, vivants parmi les ombres,
A peine sortons-nous de ces cavernes sombres,
Qu'il nous faut en ce lieu par une affreuse mort
Sous les coups d'un bourreau voir finir nôtre sort.
Je n'en murmure point, je renonce à la vie.
Ouy, Seigneur, je consens qu'elle me soit ravie,
Pourvû que la rigueur du trépas où je cours
Puisse vous satisfaire & conserver ses jours.
Accordez à mes pleurs ce que je vous demande,
Terminez mon destin, la faveur n'est pas grande,
Ordónnez, je suis prête, & puis qu'il faut mourir
Mon cœur sera content s'il peut le secourir.

            SABINUS.

Ah, Ciel! qu'osez-vous dire? & quoy chere Eponine,
Faut-il par cette voye empêcher ma ruine?
Ne m'offrez plus, helas! ces funestes secours,
Et laissez-moy finir mes déplorables jours.
J'atteste de nos Dieux la puissance infinie
Que pour vous seulement j'ay pris soin de ma vie:
Dés mon premier malheur, sans vous, sans vos apas,
J'aurois dans ma disgrace eu recours au trépas.
Et payant de mon sang l'éclat de sa victoire
Evité cet affront de survivre à ma gloire.
Mais puisque les destins, à me nuire obstinez,
Une seconde fois nous ont abandonnez,
Qu'ils nous ont interdit jusques à l'esperance,

Il faut à leurs decrets ceder sans resistance ;
Ils demandent ma mort, je vais les contenter.
Mais constante Eponine, au lieu de m'imiter,
Vivez pour nos enfans, & s'ils perdent le pere
Songez qu'il faut du moins leur conserver la mere,
Le Ciel, le juste Ciel sçaura vous proteger
Et je me fie à lui du soin de nous vanger.

A Vespasien.

Dispose de mon sort au gré de ton envie,
Mais j'exige en mourant qu'on ait soin de sa vie,
C'est l'unique faveur que j'ose demander,
Elle n'est point coupable, & tu dois l'accorder.
J'emporte chez les morts cette douce esperance,
Et tu peux sur moy seul épuiser ta vangeance.

EPONINE.

Mais vous ne songez pas qu'en me laissant au jour
C'est m'exposer encore à son injuste amour ?
Que ne peut point tenter cet ardeur temeraire
Aprés tous les efforts qu'il a déja sçû faire !
Non, dans cette infortune, il me sera plus doux
D'éviter sa poursuite, & de mourir pour vous.

VESPASIEN.

O cœur trop genereux ! ô vertu que j'admire
Quels plus dignes effets peux-tu jamais produire !
Que ne m'est-il permis dans ces tristes momens
De suivre sans peril mes secrets mouvemens ?
Faut-il être inhumain pour conserver l'Empire ?

DOMITIE.

Quoy ! vôtre foible cœur est prêt à vous seduire ?
Ah ! songez que l'état en cette extrêmité
Espere son bonheur de vôtre fermeté.
La pitié dans ce jour vous peut être nuisible.
Sabinus a rendu son crime irremissible ;
Et quiconque est surpris les armes à la main
Contre son Empereur, contre son Souverain,
Doit payer à l'instant, par une mort cruelle,
Le forfait odieux de son ame rebelle ;
Il n'est point de pardon pour un tel attentat,

C

Trai

Traitez-le donc, Seigneur, en criminel d'Etat,
Ne respectez en lui ni son sang, ni sa race,
Abaissez son orgueil, punissez son audace,
Sans rien examiner prononcez, vangez-vous,
En perdant à la fois & la femme & l'Epoux.

SABINUS.

Ouy, c'est trop differer, contente son envie,
Assure par ma mort le repos de ta vie.
Car ne te flâte point, ce n'est que par mon sang
Que tu peux aujourd'hui t'affermir en ce rang.
Jusqu'au dernier soupir combatant ta puissance,
Je soûtiendrois encor les droits de ma naissance,
Et peut-être qu'un jour aux yeux de l'Univers
Tu pourrois éprouver quelque fameux revers.
Puis donc qu'à tes desirs la fortune propice
M'a conduit pour te plaire au bord du precipice,
Tu dois, sans differer, par un coup éclatant
Achever son ouvrage en m'y precipitant.

EPONINE.

Le noir pressentiment d'un sort épouvantable,
Helas! pour mon malheur n'est que trop veritable.
O destins ennemis à quoy m'exposez-vous?
Ne puis-je du trépas garantir mon Epoux?

A Sabinus.

Toy, qui brûles pour moy d'une flâme si belle,
Laisse expirer pour toy ta Compagne fidelle,
Ou bien mourons ensemble, & permets que l'amour
Dans un même tombeau nous renferme en ce jour

SABINUS.

Non, vous ne mourrez point. Mais vos larmes, Madame,
Etonnent mon courage, & déchirent mon ame.
Mon cœur dans ce peril n'avoit pû se troubler,
Mais vôtre desespoir le réduit à trembler.
Je sens, malgré mes soins, malgré ma resistance,
Que vos cruels desseins ébranlent ma constance,
Et que pour surmonter de si tendres amours
Il me faut appeller la gloire à mon secours;
C'est elle qui sçaura, soûtenant ma foiblesse,

De

De tous mes sentimens se rendre la Maîtresse.
Allons, tout est-il prêt ? je seray trop heureux
De finir par ma mort un combat si douteux.

E P O N I N E.

Tranchez plûtôt les jours de la triste Eponine.

SCENE V.

VESPASIEN, SABINUS, EPONINE, DOMITIE, MUCIEN, SULPICIE, GARDES.

M U C I E N.

Aux portes du Palais tout le peuple s'obstine
Par un affreux tumulte & mille cris confus
A demander encor la mort de Sabinus.
Vous ne pouvez, Seigneur, diferer davantage
Sans craindre des Romains quelque sanglant outrage ;
Ils ont même voulu penetrer en ces lieux
Pour lui donner ici le trépas à vos yeux,
Vous sçavez quelquefois jusques où va l'audace
Des esprits furieux de cette populace,
Et vous devez bien-tôt, sans remords ni terreur
Livrer le criminel à leur juste fureur.

V E S P A S I E N.

Tu vois qu'à te punir le peuple me convie
Et que mon interét demande aussi ta vie.
Mais si dans cet instant je te privois du jour
On pourroit imputer ta perte à mon amour,
On diroit que j'aurois avancé ta ruine
Pour m'immoler l'Epoux de l'aimable Eponine,
Pour m'en rendre le maître, & dans ce jour fatal
Joüir de la douceur d'accabler un rival.
Si donc à tes forfaits ton sang doit satisfaire,
Je veux que sur ce point le Senat delibere,
Qu'il te condamne seul, & delivre mon cœur
Du reproche honteux d'avoir trop de rigueur.
Mais aprés son arrêt, quoy qu'il puisse resoudre,
Qu'il t'envoye au suplice, ou qu'il daigne t'absoudre,
Je feray sans scrupule executer ses Loix,
M'en coûta-t'il la vie & le Sceptre à la fois.

Je vais donc l'assembler afin qu'il en prononce.
Et dans quelques momens tu sçauras sa réponse.

A Eponine.

Vous, cependant rentrez, & retenant vos pleurs.
Faites tréve, Madame, à ces vives douleurs.

E P O N I N E *en sortant.*

Je vais prier les Dieux d'apaiser leur colere,
Et fléchir, si je puis, un destin trop severe.

S A B I N U S.

O miracle d'amour ! ô trop constante foy !

V E S P A S I E N *à Mucien.*

Assemblez le Senat, vous autres suivez-moy.

✦✦✦✦✦✦✦✦✦✦✦✦✦✦✦✦✦✦✦✦✦✦✦✦

ACTE V.

SCENE PREMIERE.

S A B I N U S, G A R D E S.

S A B I N U S.

S'Il est dans mon trépas quelque ombre de justice
Pourquoy par ces longueurs differer mon suplice ?
Puisqu'ici l'on me traite en criminel d'Etat
Ne peut-on me punir sans l'avis du Senat ?
Mais quel Senat, grands Dieux ! un tas d'hommes perfides,
Accoûtumez aux crime, enclins aux paricides,
Que l'interét gouverne, & qui sont toujours préts
A se deshonnorer par d'injustes arréts ?
O Ciel, precipitez la mort qu'on me destine,
Mais delivrez mes yeux des douleurs d'Eponine,
Mon Cœur ne pourroit pas peut-être y resister,
Pour mourir avec gloire il la faut éviter,
Je dois en expirant temoigner ma constance,
Et ses larmes, helas ! n'ont que trop de puissance.
Que sçai-je ? à ses apas uni trop fortement
Je pourrois à les voir m'oublier un moment,
L'exces de mon amour pourroit ternir ma gloire,
Et je dois en fuyant m'assurer la victoire.
Mourons donc, il est tems. Ah ! pourquoi differer.....

SCENE

SCENE II.

SABINUS, FULVIUS, GARDES.

FULVIUS.

OUi, Seigneur, à la mort il faut vous preparer,
Le Sénat l'a conclüe, & je viens vous le dire.

SABINUS.

Puis donc que sa rigueur ordonne que j'expire,
On peut dés à present executer l'arrét :
Mon cœur est disposé si le suplice est prét :
Je ne demande au Ciel que la fin de ma vie,
Et je suis trop content qu'elle me soit ravie.
Mais je plains, en mourant deux Enfans malheureux,
Qui meritoient peut-être un sort moins rigoureux,
Objets infortunez de ma juste tendresse.
Je t'abandonne, ô Ciel le soin de leur jeunesse.

FULVIUS.

Je ne puis m'empêcher de condamner le sort
Qui vous livre aux horreurs d'une cruelle mort.
Mais malgré la pitié que je sens dans mon ame
Je suis contraint, Seigneur, d'obeir.....

SCENE III.

EPONINE, SABINUS, FLUVIUS, GARDES.

SABINUS.

AH ! Madame,
Quel destin ennemi vous conduit en ces lieux ?
Venez-vous m'accabler par de tristes adieux ?
Helas ! armant mon cœur d'une noble assurance,
Je courois au trépas avec indiference,
Et je n'aprehendois en ces derniers malheurs,
Que les mortels effets de vos justes douleurs.
Mais, Ciel ! vôtre presence augmente mes allarmes,
Je me sens attendrir à l'aspect de vos larmes,
Je ne puis soutenir vos cruels deplaisirs,
Et suis prét de mêler mes pleurs à vos soupirs.
Ah ! si pour vôtre Epoux quelque pitié vous reste,
De grace épargnez-le en ce moment funeste.

 S A B I N U S,
Ne vous obstinez point à vouloir partager
De mon malheureux sort la gloire & le danger.
E P O N I N E.
Seigneur, ne craignez rien, puis qu'un Senat Barbare,
Pour complaire au Tiran contre nous se declare,
Loin de vous accabler d'inutiles douleurs,
Loin de pousser des cris, loin de verser des pleurs,
Je viens, Seigneur, je viens en ce peril extréme,
Jusques à son trépas suivre un Epoux que j'aime,
Et confondant ensemble & son sort & le mien
Méler aux yeux de tous mon Sang avec le sien.
En vain vous resistez à cette noble envie,
En perdant Sabinus je renonce à la vie,
Je n'aimois que lui seul & je veux aujourd'hui
Ne pouvant le sauver expirer avec lui
S A B I N U S.
Ah! mon ame s'émeut, mon courage chanchelle.
Cette soif de mourir vous rendroit criminelle,
Vous vous devez, Madame, aux deux Princes nos fils,
En vous seule aujourd'hui toute leur espoir est mis:
Puis que la mort ravit leur infortuné Pere
N'allez pas les priver du secours de leur Mere,
Vivez pour les soustraire à ce pressant danger,
Ils pourront quelque jour peut-être nous vanger,
Et punir en s'armant d'un courroux legitime,
Sur sa posterité le Tiràn qui m'oprime.
Mais le voici qui vient.

S C E N E   I V.
VESPASIEN, EPONINE, DOMITIE, SABINUS,
MUCIEN, FULVIUS, GARDES.

S A B I N U S.
ET bien donc le Sénat
Ordonne que je meure en victime d'Etat?
Et sans examiner qui de nous est coupable
Il seconde aujourd'hui ton courroux implacable?
Par cet injuste arrét foiblement étonné
Je me livre au trépas où je suis condamné,

Mon

Mon cœur en cet inſtant le cherche & le deſire,
Et c'eſt dans mon malheur le ſeul bien où j'aſpire.
Mais d'Eponine en pleurs je crains le deſeſpoir,
Je crains une fureur que j'ai trop ſçû prevoir,
Elle pourroit, helas! attenter à ſa vie.
Je t'en charge en mourant & je te la confie,
Si tu veux que le Ciel te protege toujours
Tu dois ſeul deformais prendre ſoin de ſes jours.
C'eſt mon plus doux eſpoir en cet état funeſte,
Et mon cœur à ce prix te pardonne le reſte.
Allons, Gardes, marchons. D'un Heroïque effort
Je m'arrache d'ici pour courir à la mort.

SCENE V.

VESPASIEN, EPONINE, DOMITIE,
MUCIEN, GARDES.

E P O N I N E *à* *Sabinus.*

AH! Seigneur..... Ah! grands Dieux protegez
l'innocence.

A Veſpaſien.

Je mets en vos bontez ma derniere eſperance,
Une ſeconde fois j'embraſſe vos genoux,
Seigneur, au nom du Ciel rendez-moi mon Epoux.
Mes Enfans par ma voix vous demandent leur Pere,
Daignez en cet inſtant contempler leur miſere.
Pouvez-vous refuſer des Princes au berceau
Qui receurent le jour dans la nuit du tombeau,
Qui de vous offenſer n'ont point été capables,
Et qui ne ſont enfin d'aucun crime coupables?
Quoi! vous pourriez punir de pauvres Innocens
Inſtruits à Supplier dés leurs plus jeunes ans!
Helas! leurs tendres cris implorent vôtre grace
Pour arracher leur Pere au coup qui le menace,
Et deja penetrez de nos cruels malheurs
Ils vous font par ma bouche entendre leurs douleurs.
Rendez-vous donc, Seigneur, & cedez à leurs larmes,
Vous pouvez d'un ſeul mot appaiſer nos allarmes.

VES.

VESPASIEN.

A quelle étrange épreuve, ô Ciel, m'exposez-vous?

DOMITIE.

Justes ressentimens soutenez son courroux.

VESPASIEN.

Madame, il n'est plus tems. Un traître qui conspire
Merite le Suplice aux yeux de tout l'Empire,
Le Senat à l'instant vient de l'y condamner,
Malgré tout mon pouvoir je n'ose pardonner,
Quand il a prononcé je ne puis l'en dedire,
Et dés qu'il a parlé c'est à moi d'y souscrire.
Si cet arrét vous touche & vous coute des pleurs
Le tems & la raison calmeront vos douleurs.

EPONINE.

Ah! puis qu'en ce moment nul espoir ne me reste
Arrache moi, Tiran, le jour que je deteste,
Ne me fais plus languir, aprés ces durs refus.
Si ton cœur endurcy veut perdre Sabinus
Verse, verse mon Sang pour achever ton crime,
Et suis, sans t'arréter, la fureur qui t'anime.
Aprés avoir vécu dans des lieux tenebreux
Je ne puis suporter la lumiere des Cieux.
Qui ne me serviroit qu'à voir ta Tirannie.
Je n'aspire à present qu'à sortir de la vie,
Et mon cœur en effet trouvera plus d'apas
A suivre constamment mon Epoux au trépas,
Qu'à souffrir plus long-tems la presence effroyable
D'un perfide assassin, d'un monstre impitoyable.
Mais que me sert, helas! ce transport furieux!
Puisque mes vœux ardents n'ont pû fléchir les Dieux
Je cours par tout mon Sang assouvir leur colere
Terminer à la fois ma vie & ma misere,
Et prés de Sabinus expirant à tes yeux
Me faire par mon bras un destin glorieux.

SCENE

SCENE VI.

VESPASIEN, DOMITIE, MUCIEN.

VESPASIEN.

AH! cruelle, arrétez, que pretendez-vous faire!
Mais courons empécher son dessein sanguinaire,
Je crains tout pour ses jours, venez, ne tardons pas.....

DOMITIE.

Allez vous opposer à ce juste trépas,
Allez, Seigneur, allez aux pieds de la cruelle,
Lui rendre son Epoux, & vous perdre pour elle.
Vous craignez les effets de son emportement!
Au desir de Regner l'amour cede aisement,
Et lors qu'on ne voit plus l'objet de sa tendresse
Le cœur s'engage ailleurs, la resistance cesse,
On recherche un bonheur qu'on fuyoit à regret.
Le tems vous apprendra cet important secret.
Pour moi, vous le sçavez, ni colere, ni haine
Ne m'oblige à parler contre cette inhumaine,
Vôtre seul interét m'inspire cette ardeur.
Mais je regle sur vous les desirs de mon Cœur,
Et puis qu'encor vôtre ame en son amour s'obstine,
Que vous vous allarmez pour les jours d'Eponine,
Je pretens la servir, oüi, Seigneur, & je cours
Offrir à ses tourmens un genereux secours.
Vous connoîtrez bien-tôt le zele qui m'inspire.

VESPASIEN.

Ah! conservez l'objet pour qui mon cœur soupire,
Ne l'abandonnez pas, Madame, à sa fureur
Et daignez par vos soins appaiser sa douleur.

DOMITIE.

Seigneur, je vais pour vous adoucir son courage,
Laissez moi donc sans crainte achever cet ouvrage,
Et je sçaurai bien-tôt au gré de mes desirs,
De son cœur affligé finir les deplaisirs.

SCENE

SCENE VII.

VESPASIEN, MUCIEN.

VESPASIEN.

Dans l'horreur du peril dont s'allarme ma flâme
Je sens mille chagrins qui devorent mon ame.
Helas! par cet arrêt qui fait ma seureté
Je m'accuse en secret de trop de cruanté.
Le Sénat, il est vrai, de ma fureur complice,
A semblé par sa voix couvrir mon injustice,
Mais ce fatal amour dont je brule aujourd'hui,
Pour perdre Sabinus a fait autant que lui,
C'est l'amour, qui croyant me livrer Eponine
D'un Prince malheureux avance la ruine,
Et qui s'est prevalu de cette occasion
Pour le sacrifier à mon ambition.
Mais bien loin par sa mort de remplir mon attente,
Je vois plus que jamais son Epouse constante,
Pour mourir avec lui mépriser mon ardeur,
Et regarder toujours ma flâme avec horreur.
Ah! puis-je encor l'aimer, & dans cette occurence
Avoir tant de tendresse & si peu d'esperance?

MUCIEN.

Ne vous reprochez point la mort de Sabinus,
A sa temerité les suplices sont dus.
Pourquoi livrer vôtre ame à de fâcheux scrupules?
Laissez aux foibles Cœurs ces craintes ridicules.
Le criminel projet de son lâche attentat
Irrite justement le Peuple & le Sénat.
Si vous brulez encor d'une flâme importune
Il faut faire ceder l'amour à la fortune,
Et n'aller pas, Seigneur, par de honteux desseins
Soulever contre nous les fidelles Romains.

VESPASIEN.

Ah! si malgré mes droits ce Peuple ose pretendre.....
Mais que veut Fulvius, & que vient-il m'aprendre?
Ciel! que puis-je augurer de ses vives douleurs?

SCENE

SCENE DERNIERE.

VESPASIEN, MUCIEN, FULVIUS.

FULVIUS.

AH! Seigneur, apprenez le sujet de mes pleurs.
J'ai vû de Sabinus trancher la destinée,
De ses malheureux jours la course est terminée,
Il vient de recevoir la mort sans se troubler,
Un trépas si honteux ne l'a point fait trembler,
D'un œil ferme & constant il a vû le suplice
Sans accuser le Peuple ou le Ciel d'injustice.
Mais à peine avoit-il payé de tout son sang
L'ambitieux desir d'occuper vôtre rang,
Qu'Eponine, Seigneur, s'avançant elle même,
Le cœur deja rempli d'une fureur extrême,
Malgré tous nos efforts pour tromper ses desseins
Jusques à Sabinus s'est ouvert les chemins.
Sur le Corps étendu de son Epoux fidelle
Elle a fait éclater une douleur mortelle,
Et ce triste spectacle irritant son devoir
A jetté dans son ame un affreux desespoir.
Mais pendant que nos yeux éblouïs de ses charmes
Ne pouvoient s'empécher de repandre des larmes,
Etouffant ses soupirs, retenant ses sanglots
Elle s'adresse au Peuple & dit ces tristes mots.

Ecoute, Peuple ingrat, & reconnois ton crime;
Tu viens de t'immoler ton Maître legitime,
C'est le Sang de Cæsar que tu viens de verser,
Que fera-t'on jamais pour t'en recompenser?
Puis que dans sa fureur ta lacheté s'obstine
Reçois encor celui de la triste Eponine.
Mais pour derniere grace à mes vœux expirants
Je te conjure, helas! d'épargner mes Enfans
Parmi tes Citoyens donne leur un azile
Ou crains le Ciel vangeur. Tout le Peuple immobile
Semble par son silence & par son action
Assurer ces Enfans de sa Protection,

Et

Et d'un poignard caché l'adorable Eponine
Alors se frape, tombe, & meurt en Heroïne.

VESPASIEN.

Eponine n'est plus! ô destins ennemis!

FULVIUS.

La place en cet instant retentit de nos cris,
Autour de ces deux Corps on s'assemble, on se presse,
On trouve leur malheur égal à leur tendresse,
Chacun verse des pleurs, & le Peuple confus
Après l'avoir perdu regrette Sabinus.

VESPASIEN.

Ah! sont-cela les soins, perfide Domitie,
Que vous m'aviez promis de prendre pour sa vie!

FULVIUS.

Domitie a paru, mais il étoit trop tard,
Elle a du corps sanglant retiré le poignard,
Et d'un coup si cruel cette fiere Princesse
A fait voir plus de joye encore que de tristesse.

VESPASIEN.

La Barbare!

MUCIAN.

Seigneur, après de tels malheurs......

VESPASIEN.

Ah! souffrez moi du moins ces trop justes douleurs,
Je suis par mon amour le bourreau d'Eponine,
C'est moi dont la fureur aujourd'hui l'assassine,
Mais si ma Barbarie a terminé son sort
J'apaiserai bien-tôt ses manes par ma mort.

Fin du cinquième & dernier Acte.